정원을 가꾼다는 것

The Gardner Says

The Gardener Says

정원을 가꾼다는 것

니나 퀴 엮음 | 오성아 옮김

"굉장한 책이 도착했다! 깊고, 위트 넘치는
가드닝에 대한 생각이 가득하다." —《헤드버틀러》

"정원사이든 정원사가 아니든, 가드닝 지식이 많던 적던에
상관없이, 이 책을 꼭 읽어보길 바란다!" —《워싱턴가드너》

"이미 정원용 장갑과 연장을 충분히 가지고 있는
열정적인 정원사에게 줄 완벽한 선물을 찾는다면?
정원 가꾸기에 대한 명언이 가득한 아름다운
이 책이 제격이다! 니나 픽은 위대한 일을 해냈다."
—《팜투테이블》

“정원 일이 단순한 노동이 아님을 말해주는 책이다!
정원은 행복을 발견하는 장소이다.” —《더리코더》

“유머, 성찰, 식물과 식물 심기에 대한 사랑이 가득 담긴
이 책은, 왜 사람들이 자신의 정원에서 위안을 찾으려고 하는지,
더한층 새롭게 일깨운다.” —《퍼블리셔스위클리》

“이 작은 책은 정원용 주머니 속이나 마당이 내다보이는
창가에 두길 바란다. 사려 깊고 훌륭한 편집으로
정원에 대한 열망을 개개인의 관점에서 이해하기 쉽게
전달하며, 삶의 영감을 선사한다.” —《오리고니언》

내가 가장 좋아하는 정원은 어머니의 정원이다. 그곳은 정신없이 모든 것이 흐드러지는 무질서의 현장이기도 했다. 집은 마을의 중심부에 있었다. 작은 뒷정원이 있었는데 그곳은 자연의 야성이 가득했다. 밝은 색상의 꽃들은 정신없이 벌과 벌새를 유혹하고 퇴비가 뿌려진 흙에서는 건강하고 행복해 보이는 벌레들이 살았다.
서로 함께 있으면 도움이 되는 동반식물의 원리에 따라 장미 옆에 토마토가 자라고, 콩 옆에 한련화가, 수세미 옆에 나팔꽃이 심겼다.
빈번하게 드나드는 방문객도 있었다. 새와 토끼와 언젠가 한번은 산에서 내려온 밥캣을 본 적도 있다.

하지만 내가 진정으로 엄마의 정원에서 좋아한 것은 무엇보다 엄마의 열정이었다. 정원은 솔직히 스트레스의 원천이다.
이름 봄에는 서둘러 식물을 심어야 하고, 가을에는 가지치기를 해주고, 한참 정신 없는 바쁜 나날에 잡초를 제거해야 했다. 하지만 이런 것들이 근본적으로 엄마에게 기쁨을 주고 있었다. 풍성하고, 가득차고, 조건 없이 압도적인 기쁨. 엄마는 한여름 콩을 재배하고 난 후 환하게 미소지었고, 심지어 한겨울 씨앗 판매 카달로그를 읽는 것만으로도 입가에 웃음이 가득했다. 그건 마치 박새, 벌새, 벌레, 토끼들처럼 엄마는 정원에 있을 때 이 우주에서 가장 아름다운 곳에 완전히 잘 자리를 잡은 듯 보였다.

이 책에는 작가, 예술가, 철학자, 정원사들이 쓴 식물과 정원,

가드닝에 대한 이야기가 가득하다. 그들이 느낀 즐거움과 도전, 길고 긴 하루의 끝자락에 느끼는 노곤함, 이제 막 싹을 틔운 식물을 바라보는 놀라움, 조용한 벤치에 앉아 몽상 속에 보낸 평화로움과 행복의 시간들. 그들은 위트 있고 겸손하게 정원의 경이로움을 찬양했고, 그들이 구사한 언어는 마치 꽃을 피우는 것처럼 아름답다. “백일홍, 구스베리, 루드베키아, 포우포우의 열매, 사과, 맨드라미, 자주콩, 국화꽃, 레몬밤블루, 컴프리와 스윗그래스, 예루살렘 안티초크, 모든 식물에게 감사를…… 신이시여, 저에게 조금만 더 시간을 주세요”라고 썼던 시인 로스 게이, 그는 감사의 마음이 넘쳐흘렀다. 그들의 말들은 가드닝과 글쓰기가 서로 매우 비슷한 창조의 영역임을 알게 하기도 했다. 마이클 폴란은 “글쓰기와 정원 가꾸기, 이 두 영역은 세상을 바라보는 시각에 큰 공통점이 있다”라고 말했고, 엘리자베스 로렌스도 이렇게 표현했다. “가드닝, 가드닝에 대한 독서, 가드닝에 대한 글쓰기는 모두 하나다. 누구도 혼자서 정원을 만들 수는 없다.”

이 책에 담긴 인용문의 저자들은 정원이 공동체의 장소이고, 협동의 공간이며, 자본주의가 아니라 위대한 자연의 창조적 작업이라는 것을 떠올리게 했다. 『향모를 땋으며: 토박이 지혜와 과학 그리고 식물이 가르쳐준 것들』의 저자인 로빈 월 키머러는 이렇게 썼다. “정원은 식물을 키우기 위해 좀 더 실용적으로 흙을 돌보는 보육원이다.”

또 미국의 영부인이었던 미셸 오바마는 실제로 백악관의 잔디밭을 없애고 그곳에 텃밭 정원을 만든 장본이기도 하다. 그녀 역시도 비슷한 강조를 했다. "아이들에게 정원이 얼마나 필요한지, 식료품점 랩에 싸인 채로가 아니라 인간과 지구의 관계에 의해 우리가 먹는 음식이 어떻게 나오는지를 아는 것은 중요하다." 가드닝의 행위와 예술은 문자 그대로, 그리고 비유적으로 우리의 정신을 회복시킨다.

내가 가장 좋아하는 인용문은 시인이자 농부인 웬델 베리의 "생태 환경을 치유하는 데 있어 정원 가꾸기보다 더 나은 개인적 참여는 없다"라는 말이다. 가드닝(정원 가꾸기)은 지구와 가드너 모두에게 영향을 미치며 생태적 치료를 촉진시킨다. 우리는 손에 흙을 묻히며 장소에 대한 친밀함을 더욱 느끼게 된다. 우리는 지구 위에, 지구 속에 살고 있고, 창조와 진화의 과정을 함께하고 있다. 우리가 관심과 돌봄으로 자연과 현명한 관계를 맺을 때, 비로소 기적적으로 지구도 꽃을 피우게 된다.

가드닝은 일종의 관심이고, 우리를 둘러싼 세상에 대한 궁금증을 풀어가는 일이다. 작가 필립 시몬스는 서른다섯 살의 나이에 루게릭병으로 죽음에 직면하면서 기적 같은 일상의 일들을 기록하는 데 열성을 다했다. 그는 우리를 이렇게 상기시켰다. "기도하듯 무아지경 속에서 베리가 열린 화단에 무릎을 꿇고 집중해본 사람만이 그 작은 열매를 따갈 자격이 있다." 시몬스가 강조했듯이 정원은 우리가 세상을 어떻게 바라보아야 하는지를 알려준다. 그리고 『비밀의 정원』의 저자 프랜시스 호지슨 버넷도 이런 얘기를 했다. "세상을 바르게 보면, 전 세계가 정원임을 알 수 있다." 정원에서 배운 교훈들, 돌봄, 힘겨운 노동, 인내심, 믿음 등은 우리가 어떻게 하면 좋은 시민, 좋은 친구, 이웃, 연인, 인류 사회 속 혹은 인간 세상을 뛰어넘어 지구상에 좋은 일원이 될 수 있는지 그 방법을 알려준다.

나는 이 책이 어떤 형태이든 당신을 올바르게 이끌어줄 정원으로 초대할 수 있기를 바란다. 조용한 명상 속에 걷게 되는 공원에서든, 창문가에 올려놓은 식물에서든, 혹은 향긋한 스위트피의 꽃에서든, 수선화에서든. 이 책을 통해, 또 당신 가까이에서 만나게 될 당신만의 야생 정원을 통해, 좀 더 성장할 수 있기를 바란다.

If you look the right way, you can see that the whole world is a garden.

Frances Hodgson Burnett (1849–1924)

세상을 바르게 보면,
전 세계가 정원임을 알 수 있다.

프랜시스 호지슨 버넷(1849-1924)

EVERYBODY HAS AN OPINION ABOUT GARDENING.

Troy Scott-Smith (1971–)

누구나 정원 가꾸기에 대한
자신만의 관점이 있다.

트로이 스콧스미스(1971-)

Good gardening is very simple, really. You just have to learn to think like a plant.

Barbara Damrosch (1942–)

좋은 원예의 기법은 실은 간단하다.
식물의 입장에서 생각해보면 된다.

바바라 담로시(1942-)

Anyone who's spent time
on her knees in a berry patch
or flower bed comes to see
this attention to small
things as a form of prayer,
a way of vanishing, for
one sweet hour, into
whatever crumb of creation
we are privileged to take
into our hands.

Philip Simmons (1957–2002)

기도하듯 무아지경 속에서
베리가 열린 화단에 무릎을 꿇고
집중해본 사람만이
그 작은 열매를 따갈 자격이 있다.

필립 시몬스(1957-2002)

To forget how to dig the earth and tend the soil is to forget ourselves.

Mahatma Gandhi (1869–1948)

땅을 파고 토양을 돌보는
방법을 잊는 것은
자신을 잊고 사는 것과 같다.

마하트마 간디(1869-1948)

A garden should feel like a walk in the woods.

Dan Kiley (1912–2004)

정원은 마치 숲속을

산책하는 느낌이어야 한다.

댄 킬리(1912-2004)

IN THE SPRING, AT THE END OF THE DAY, YOU SHOULD SMELL LIKE DIRT.

Margaret Atwood (1939–)

봄날 하루해가 저물면
흙냄새가 올라온다.

마거릿 애트우드(1939-)

A garden is
a grand teacher.
It teaches patience
and careful
watchfulness;
it teaches industry
and thrift;
above all it teaches
entire trust.

Gertrude Jekyll (1843–1932)

정원은 위대한 스승이다.
인내심과 세심한 관찰을 가르치고,
부지런함과 검소함을 배우게 한다.
무엇보다도 정원은
온전한 믿음이 무엇인지 가르친다.

거트루드 지킬(1843-1932)

SOMETIMES A TREE TELLS YOU MORE THAN CAN BE READ IN BOOKS.

C. G. Jung (1875–1961)

때때로 나무는
책보다 더 많은 것을 알려준다.

칼 구스타브 융(1875-1961)

Flowers always make people better, happier, and more helpful; they are sunshine, food, and medicine for the soul.

Luther Burbank (1849–1926)

꽃은 항상 사람들을
더 나은, 더 행복한,
더 도움이 되는 사람으로 만든다.
꽃은 영혼을 위한 빛이고
양식이고 치료제이다.

루서 버뱅크(1849-1926)

Earth laughs in flowers.

Ralph Waldo Emerson (1803–82)

지구는 꽃을 피우며 웃는다.

랄프 왈도 에머슨(1803-1882)

The great thing is
not to be timid
in your gardening,
whether it's colors,
shapes, juxtapositions,
or the contents
themselves.
Splash around
and enjoy yourself.

Christopher Lloyd (1921–2006)

색상, 형태, 배치, 콘텐츠가
무엇이든 간에 가장 중요한 것은
정원 일에 소심해지지 말라는 것이다.
그냥 맘껏 정원 일을 즐기면 된다.

크리스토퍼 로이드(1921-2006)

There can be no other occupation like gardening in which, if you were to creep up behind someone at their work, you would find them smiling.

Mirabel Osler (1925–2016)

정원사란 직업은 특이하다.
누군가 더 앞서간다고 해도
그저 웃으면서 바라보고
즐길 수 있기 때문이다.

미라벨 오슬러(1925-2016)

If you would be happy all your life, plant a garden.

Nan Fairbrother (1913–71)

평생 행복하고 싶다면

정원을 가꾸세요.

난 페어브라더(1913-1971)

Green fingers are the extensions of a verdant heart. A good garden cannot be made by somebody who has not developed the capacity to know and to love growing things.

Russell Page (1906–85)

그린핑거스(원예재능)는
식물에 대한 의욕이 만들어낸다.
식물에 대해 좀 더 알려고 노력하고
그 능력을 개발하지 않는 사람은
결코 좋은 정원을 만들 수 없다.

러셀 페이지(1906-1985)

I CAN THINK OF NO BETTER FORM OF PERSONAL INVOLVEMENT IN THE CURE OF THE ENVIRONMENT THAN THAT OF GARDENING.

Wendell Berry (1934–)

생태 환경을 치유하는 데 있어
정원 가꾸기보다 더 나은
개인적 참여는 없다.

웬델 베리(1934-)

Earth has no sorrow that earth cannot heal.

John Muir (1838–1914)

흙에게
치유할 수 없는 슬픔이란 없다.

존 뮤어(1838-1914)

IN OUR GARDENS
WE WANT PLANTS,
BY THEIR STRUCTURE
AND POETRY, TO
SUGGEST THE FINE
MELANCHOLY WE
EXPECT IN NATURE.

Thomas Church (1902–78)

우리는 정원에
시적인 느낌과 구조를 지닌
식물을 심는다.
그리고 그 식물을 통해
자연 안에서 우리가 느끼는
섬세한 감성을 재현하려고 한다.

토머스 처치(1902-1978)

I want death to find me planting my cabbages.

Michel de Montaigne (1533–92)

양배추를 심고 있을 때
죽음이 날 찾아오길 바란다.

미셸 드 몽테뉴(1533-1592)

Behold this compost! behold it well!

Walt Whitman (1819–92)

퇴비를 돌보라,

퇴비를 잘 돌보라!

월트 휘트먼(1819-1892)

LIFE INTO DEATH INTO LIFE.

Alan Chadwick (1909–80)

생명은 죽음으로,

죽음은 생명으로!

앨런 채드윅(1909-1980)

The love of dirt is one of the earliest of passions, as it is the latest. . . . So long as we are dirty, we are pure.

Charles Dudley Warner (1829–1900)

흙에 대한 사랑은
열정 가운데 가장 오래된 것이며,
가장 오래갈 것이기도 하다…….
흙으로 우리 몸이 더러워지는 한
우리는 순수하다.

찰스 더들리 워너(1829-1900)

If {a gardener} were to go to the garden of Eden, he would sniff intoxicatedly and say, "There's humus here, by God!"

Karel Čapek (1890–1938)

만약 정원사가 에덴동산에 간다면,
코를 킁킁거리고 흥분하며
"여기에 신이 직접 만든 부엽토가 있다"
라고 소리칠 것이다.

카렐 차페크(1890-1938)

"More, more, more" is my gardening motto. If growing a single kind of daylily is one of life's good things, then growing thirty, forty, or even a hundred of them is one of life's even better things.

Allen Lacy (1935–2015)

"더, 더욱, 더 많이!"
이건 나의 정원 가꾸기 모토다.
원추리 한 종만 키워도
인생의 즐거움이 생긴다면
서른 개, 마흔 개, 아니 백 개를 키운다면
더 큰 즐거움이 생기기 때문이다.

알렌 레이시(1935-2015)

I've never seen a gardener who hasn't room for one more plant.

Lee May (1941–2014)

나는 식물 심을 공간이 없다는
정원사를 만나본 적이 없다.

리 메이(1941-2014)

The great majority of
the flowers in my garden
are in their present places
because they have
personally informed me,
in the clearest possible
tones, that this is where
they wish to be.

Beverley Nichols (1898–1983)

내 정원에 심긴 대부분의 식물은 나에게
이곳이 자신이 살기를 원하는 곳이라고
분명한 어조로 말해주었다.

비벌리 니콜스(1898-1983)

LET PLANTS CHOOSE THEIR DESTINIES.

Nancy Lawson (1970–)

식물 스스로
자신의 목적지를 선택하게 하라.

냈시 로슨(1970-)

A firm resolution should be made to purchase only a plant for a place, and never to come home wondering where to place a plant.

Graham Stuart Thomas (1909–2003)

어떤 식물을 구입할 때에는
어떤 자리에 심을 것인지에 대한
확고함이 필요하다.
절대 어디에 두어야 할지 모르겠는 식물을
집으로 가져오지 말라.

그레이엄 스튜어트 토머스(1909-2003)

NO PLANT GOES INTO MY GARDEN UNLESS A PLACE IS READY TO RECEIVE IT IN WHICH EVERYTHING NEEDFUL FOR ITS PROSPERITY AND SAFETY HAS BEEN PROVIDED.

Herbert Durand (1859–1944)

안전하고 풍요롭게 자랄 수 있는
환경이 준비되지 않으면
그 어떤 식물도
내 정원에 들이지 않는다.

허버트 더랜드(1859-1944)

PLANTS WANT TO GROW; THEY ARE ON YOUR SIDE AS LONG AS YOU ARE REASONABLY SENSIBLE.

Anne Wareham (1959–)

식물은 성장하기를 원한다.
적어도 당신이 합리적인 상식을
지니고 있는 한 식물은 당신 편이다.

앤 웨어햄(1959-)

All we have to do is create the right environment for growth.

Dan Pearson (1964–)

우리가 해야 할 일의 전부는
식물이 성장할 수 있는
올바른 환경을 만들어주는 것이다.

댄 피어슨(1964-)

Patience is a lazy gardener's best friend.

Mara Grey (1949–)

인내는 게으른 정원사의
최고 덕목이다.

마라 그레이(1949-)

GARDENING IS THE SLOWEST OF THE PERFORMING ARTS.

Mac Griswold (1942–)

가드닝은
가장 느린 공연 예술이다.

맥 그리스월드(1942-)

Any gardening
is better than none,
but some ways
of gardening are
better than others.

Robin Lane Fox (1946–)

어떤 가드닝이든
아무것도 안 하는 것보다는 낫지만,
분명히 더 나은 가드닝 방법이 존재한다.

로빈 레인 폭스(1946-)

Gardens are diverse as the people who make them.

Ann Lovejoy (1951–)

정원은 그곳을 만드는
사람들만큼이나 다양하다.

앤 러브조이(1951-)

Every time I imagine a garden
in an architectural setting,
it turns into a magical place.
I think of gardens I have seen,
that I believe I have seen,
that I long to see, surrounded
by simple walls, columns,
arcades, or the facades of
buildings—sheltered places
of great intimacy where
I want to stay for a long time.

Peter Zumthor (1943–)

건축 환경에서 정원을 상상할 때마다
그곳은 마법의 공간으로 변한다.
적어도 내가 봐온 정원은
단순한 담장, 기둥, 아케이드,
혹은 건물의 외관에 둘러싸인,
오랫동안 머물고 싶어지는
세상에서 가장 친밀한 공간이었다.

페터 춤토르(1943-)

A natural garden calls for
paths, whether hard or soft,
to allow the user to wander
and make discoveries,
so that all is not revealed
at first glance.

John Brookes (1933–2018)

내추럴가든의 동선은
딱딱한 소재를 쓰던, 부드러운 재료를 쓰던,
이용자가 정원을 거닐면서 미지를 탐험하는 것처럼
구성하는 게 좋다. 모든 것이 한눈에
다 드러나지 않도록 해야 한다.

존 브룩스(1933-2018)

A LAWN IS NATURE UNDER TOTALITARIAN RULE.

Michael Pollan (1955–)

잔디밭은
철저한 통제 속의 자연이다.

마이클 폴란(1955-)

LEARN GARDENING FROM THE WILDERNESS OUTSIDE THE GARDEN GATE.

Wendy Johnson (1947–)

정원의 문 넘어
야생의 자연으로부터
가드닝을 배워라.

웬디 존슨(1947-)

There are two seasonal diversions that can ease the bite of any winter. One is the January thaw. The other is the seed catalogues.

Hal Borland (1900–78)

겨울을 이겨낼 수 있는
두 번의 기회가 있다.
하나는 1월 해빙의 때이고,
다른 하나는 씨앗판매 카달로그
책자를 들여다볼 때이다.

할 볼랜드(1900-1978)

From December to March, there are for many of us three gardens—the garden outdoors, the garden of pots and bowls in the house, and the garden of the mind's eye.

Katherine S. White (1892–1977)

12월에서 3월까지,
우리를 위한 세 종류의 정원이 있다.
바깥 정원, 화분과 볼에 담긴 실내 정원
그리고 우리의 마음에 그려놓는 정원이,
바로 그것이다.

캐서린 서전트 화이트(1892-1977)

Acts of creation are ordinarily
reserved for gods and poets,
but humbler folk may circumvent
this restriction if they know how.
To plant a pine, for example,
one need be neither god nor poet;
one need only own a shovel.

Aldo Leopold (1887–1948)

창조의 행위는
신과 시인에게 부여된 일이라고 하지만
소박한 민중도 방법을 안다면 해낼 수 있다.
예를 들어 소나무를 한 그루 심는 일은
누구나 모종삽 한 자루만 있다면 가능하다.

알도 레오폴드(1897-1948)

THERE ARE SO MANY FABULOUS THINGS ABOUT GARDENING, AND THE BEST IS THAT ANYONE CAN DO IT.

C. Z. Guest (1920–2003)

정원을 가꾸는 일은
엄청난 장점들이 있지만
그중 가장 좋은 것은
누구나 할 수 있다는 것이다.

C. Z. 게스트(1920-2003)

IN GARDENS, BEAUTY IS A BY-PRODUCT. THE MAIN BUSINESS IS SEX AND DEATH.

Sam Llewelyn (1948–)

정원에서 아름다움은

그저 부산물일 뿐이다.

중요한 일은 생식과 죽음이다.

샘 르웰린(1948-)

How I love the mixture of the beautiful and the squalid in gardening. It makes it so lifelike.

Evelyn Underhill (1875–1941)

나는 정원 속에 아름다움과 추함을
혼합시키길 좋아한다.
그게 진정 살아 있는 것처럼
만들기 때문이다.

이블린 언더힐(1875-1941)

The scent of warm soil…
is deep, rich, and sexy.
It's primal. It's earthy.
It makes you want to run
outside, get down on
hands and knees, gather
a fistful, and inhale.

Tovah Martin (1953–)

따뜻한 흙의 향기는
깊고, 풍성하고, 감미롭다.
말그대로 원시적이며 그 자체로 흙이다.
그 향기는 우리를 밖으로 뛰어나가게 하고,
손을 짚고, 무릎을 꿇고,
주먹을 모아 흠뻑 숨을 들이마시게 한다.

토바 마틴(1953-)

Garden writing is often very tame, a real waste when you think how opinionated, inquisitive, irreverent and lascivious gardeners themselves tend to be. Nobody talks much about the muscular limbs, dark, swollen buds, strip-tease trees, and unholy beauty that have made us all slaves of the Goddess Flora.

Ketzel Levine (1953–)

정원에 대한 글은 종종 매우 따분하다.
정원사 스스로가 독단적이고,
캐묻기 좋아하고, 불손하고, 음탕하다면
그건 정말 쓰레기가 된다.
진짜 시간 낭비다.
근육질의 가지, 어둡게 부풀어오른 꽃눈,
앙상하게 벗겨진 나무들, 그리고
플로라 여신의 노예가 되도록 만든
불경스러운 아름다움에 대해서는
아무도 그리 많이 이야기하지 않는다.

케첼 레빈(1953-)

Weeds come up as easily as plants go in; there is an almost sexual relationship between plant and earth. The ecstasy is short lived, but that is the nature of ecstasy.

Hugh Johnson (1939–)

잡초는 식물들이 그러한 것처럼
너무나 쉽게 잘 올라온다.
식물과 대지의 관계는 마치
성적인 관계와도 비슷하다.
황홀함은 오래가지 못하지만,
그것이 바로 황홀함의 본성이다.

휴 존슨(1939-)

I am very busy
picking up stems
and stamens
as the hollyhocks
leave their
clothes around.

Emily Dickinson (1830–86)

나는 접시꽃이 꽃잎을 떨굴 때면
줄기와 수술을 따주느라 분주해진다.

에밀리 디킨슨(1630-1686)

Gardening is akin to writing stories. No experience could have taught me more about grief or flowers, about achieving survival by going, your fingers in the ground, the limit of physical exhaustion.

Eudora Welty (1909–2001)

정원 가꾸기는 글쓰기와 비슷하다.
슬픔이나 꽃들, 생존의 획득,
흙 속의 손, 육체적 피곤함의 한계,
내가 생각하지 못할 경험이란 없다.

유도라 웰티(1909-2001)

Gardens are the story of two things: culture and biology. Gardeners are the storytellers.

Augustus Jenkins Farmer (1966–)

정원은 문화와 생물학
두 영역의 이야기이다.
정원사는 그 이야기를
끌어가는 이야기꾼이다.

아우구스투스 젠킨스 파머(1966-)

IT IS NO DOUBT THAT GARDENING SPARKS OFF HAREBRAINED IDEAS.

Mirabel Osler (1925–2016)

가드닝은 무모한 아이디어에
불꽃을 붙이는 일임에 틀림없다.

미라벨 오슬러(1925-2016)

GARDENING IS NOT A RATIONAL ACTIVITY.

Margaret Atwood (1939–)

정원 가꾸기는
이성적인 활동이 아니다.

마거릿 애트우드(1939-)

Don't think the garden loses its ecstasy in winter. It's quiet, but the roots are down there riotous.

Rumi (1207–73)

정원이 겨울에
황홀함을 잃었다고 생각지 말라.
땅 아래 뿌리는
조용하지만 격정적으로
활동하고 있다.

루미(1207-1273)

Soil is the substance of transformation.

Carol Williams (1948–)

흙은 변화의 실체이다.

캐롤 윌리엄스(1948-)

Some kids have never seen what a real tomato looks like off the vine. They don't know where a cucumber comes from. And that really affects the way they view food. So a garden helps them really get their hands dirty, literally, and understand the whole process of where their food comes from.

Michelle Obama (1964–)

몇몇 아이들은 토마토가 실제로
어떻게 생겼는지 본 적이 없다.
오이가 어디에서 왔는지도 모른다.
그리고 그것은 실제로 아이들이
음식을 바라보는 방식에 영향을 끼친다.
정원은 아이들이 직접 손에 흙을 묻혀가며
우리가 먹는 음식이 어디에서 오는지
그 과정을 잘 이해시켜준다.

미셸 오바마(1964-)

A garden is a nursery for nurturing connection, the soil for cultivation of practical reverence.

Robin Wall Kimmerer (1953–)

정원은 식물을 키우기 위해
좀 더 실용적으로
흙을 돌보는 보육원이다.

로빈 월 키머러(1953-)

{Growing our own food}
is—in addition to being the
appropriate fulfillment of
a practical need—a sacrament,
as eating is also, by which
we enact and understand
our oneness with the Creation,
the conviviality of one body
with all bodies.

Wendell Berry (1934–)

직접 먹을거리를 재배하는 것은
일종의 성찬을 준비하는 일이다.
그 음식을 먹는 것 역시
창조물을 이해하고 규정하는 일이며,
우리 몸의 구석구석까지
즐거움을 주는 일이기도 하다.

웬델 베리(1934-)

**A garden
with vegetables,
fruits, and
flowers feeds
body and soul.
Grow all of them.**

Andrew Weil (1942–)

채소, 과일, 꽃이 가득한 정원은
우리의 몸과 정신을 살찌운다.
이 모든 걸 함께 키워보자.

앤드류 웨일(1942-)

IT IS NOT
JUST PLANTS
THAT GROW,
BUT THE
GARDENERS
THEMSELVES.

Ken Druse (1950–)

단지 식물만 자라는 것이 아니다.
정원사 자신도 성장한다.

케네스 드루스(1950-)

GARDENING IS A SACRED ACT.

Fran Sorin (1953–)

정원 가꾸기는

성스러운 행위이다.

프랜 소린(1953-)

Gardening involves
the incredibly complicated
alchemy of life,
involving not just plants
and animals, but
the entire cosmos and
the microcosm.

Wolf D. Storl (1942–)

정원을 가꾸는 일은
엄청나게 복합한
삶의 연금술을 일으킨다.
그건 단지 식물과 동물뿐만 아니라
미생물까지도 포함된다.

울프 디터 스톨(1942-)

One teaspoon of soil can contain more living creatures than there are people in the world.

John Robbins (1947–)

티스푼 정도의 흙속에
지구 전체 인구보다
더 많은 생명체가 들어 있다.

존 로빈스(1947-)

Trees could solve
the problem
if people trying
to improve things
would only
allow them to
take over.

Peter Wohlleben (1964–)

나무는 스스로
문제를 해결할 수 있다.
우리가 나무 스스로
그 일을 할 수 있도록
내버려만 둔다면.

페터 볼레벤(1964-)

I HAVE GREAT FAITH IN A SEED.

Henry David Thoreau (1817–62)

나는 씨앗의 힘을
절대적으로 신뢰한다.

헨리 데이비드 소로(1817-1862)

Gardening makes sense
in a senseless world.
By extension, then, the
more gardens in the world,
the more justice,
the more *sense* is created.

Andrew Weil (1942–)

가드닝은 무분별한 세상에
상식을 만들어낸다.
그래서 세상에 더 많은 정원이 생겨난다면
세상은 좀 더 정의롭고,
좀 더 상식적으로 변화될 것이다.

앤드류 웨일(1942-)

THE PLANT WORLD IS THE MIRROR OF HUMAN CONSCIENCE.

Rudolf Steiner (1861–1925)

식물 세상은
우리 양심의 거울이다.

루돌프 슈타이너(1861-1925)

My whole life has been spent waiting for an epiphany, a manifestation of God's presence, the kind of transcendent, magical experience that lets you see our place in the big picture. And that is what I had with my first [compost] heap.

Bette Midler (1945–)

나는 평생 동안 신의 존재와 징후,
일종의 초월적이면서도 마법 같은 일을
우리가 살고 있는 곳에서
볼 수 있기를 기다리며 살았다.
그리고 내 정원의 퇴비장에서
처음으로 그것을 보았다.

베트 미들러(1945-)

The view from your bedroom window should include something that blooms every spring.

Michelle Slatalla (1961–)

침실에 내는 창은
매년 봄, 꽃을 피우는 식물의 풍경이
자리 잡아야 한다.

미셸 슬라탈라(1961-)

Without flowers,
I'd find life very dismal.

C. Z. Guest (1920–2003)

꽃이 없는 내 삶은
암울했을 것이다.

C. Z. 게스트(1920-2003)

WHEN YOU BRING FLOWERS INTO YOUR VEGETABLE PATCH, BE PREPARED FOR GOOD THINGS TO HAPPEN.

Lisa Mason Ziegler (1961–)

채소밭에 꽃을 심는다면,
뭔가 좋은 일이 일어날 것을
믿어도 된다.

리사 메이슨 지글러(1961-)

Thank you zinnia, and
gooseberry, rudbeckia
and pawpaw, Ashmead's
kernel, cockscomb
and scarlet runner, feverfew
and lemonbalm;
thank you knitbone and
sweetgrass and sunchoke...
good lord please give me
a minute.

Ross Gay (1974–)

백일홍, 구스베리, 루드베키아, 포우포우의 열매,
사과, 맨드라미, 자주콩, 국화꽃, 레몬밤블루,
컴프리와 스윗그래스, 예루살렘 안티초크,
모든 식물에게 감사를…… 신이시여,
저에게 조금만 더 시간을 주세요.

로스 게이(1974-)

I MUST HAVE FLOWERS, ALWAYS AND ALWAYS.

Claude Monet (1840–1926)

나는 언제나 항상
꽃과 함께하길 바란다.

클로드 모네(1840-1926)

Let no one think that
real gardening is a bucolic
and meditative occupation.
It is an insatiable passion,
like everything else to
which man gives his heart.

Karel Čapek (1890–1938)

정원 가꾸기를
전원적이며 명상적이라고 생각하지 말라.
그것은 인간이 자신의 마음을 다 바쳐도
절대 만족할 수 없는 열정이다.

카렐 차페크(1890-1938)

Horticultural passions are peculiar things. A mild interest in that plant or another can suddenly flame into something more nearly describable as an obsession.

Allen Lacy (1935–2015)

원예에 대한 열정은 조금은 기이하다.
이 식물, 저 식물에 대한 막연한 호기심이
어느날 갑자기 설명할 수 없는
강박적이고 광적인 열정으로
변화될 수 있기 때문이다.

알렌 레이시(1935-2015)

The gardener cultivates wildness, but he does so carefully and respectfully, in full recognition of its mystery.

Michael Pollan (1955–)

정원사는
야생의 자연을 신중하고 정중하게,
그 신비로움을 온전히 인식하며
관리하는 사람이다.

마이클 폴란(1955-)

[A GARDEN] HAS A LIFE OF ITS OWN, AN INTRICATE, WILLFUL, SECRET LIFE.

W. S. Merwin (1927–)

정원은 복잡하게 계획된
비밀스러운 그 자체로의 삶이 있다.

W. S. 머윈(1927-)

Time is the essence of garden-making as a creative endeavor.

Tim Richardson (1968–)

창의적인 정원 만들기의
핵심은 시간이다.

팀 리차드슨(1968-)

Though I am an old man,
I am but a young gardener.

Thomas Jefferson (1743–1826)

비록 나는 늙었지만
정원에서는 젊은 정원사가 된다.

토머스 제퍼슨(1743-1826)

Plant for the garden you will have five years from now.

Michelle Slatalla (1961–)

5년 후를 위해

지금 정원에 식물을 심어라.

미셸 슬라탈라(1961-)

GARDEN AS THOUGH YOU WILL LIVE FOREVER.

William Kent (1685–1748)

마치 영원히 살 것처럼
정원을 가꾸어라.

윌리엄 켄트(1685-1748)

I ALWAYS THINK OF MY SINS WHEN I WEED. THEY GROW APACE IN THE SAME WAY, AND ARE HARDER STILL TO GET RID OF.

Helen Rutherford Ely (1858–1920)

잡초를 뽑을 때 나는
항상 죄에 대해 생각한다.
잡초도 우리의 죄처럼
빠르게 자라나고
뽑아내기가 정말 어렵다.

헬레나 루더퍼드 엘리(1858-1920)

No pain, no gain, and that is why my garden has gained so little over the years, I guess. To me a garden is no place for pain. You can find enough of that at the office.

Henry Mitchell (1923–93)

고통 없이는
아무것도 얻을 수 없다.
그게 수년간 내 정원에서
수확이 거의 없었던 이유가 아닐까 싶다.
그러나 적어도 나에게 정원은
고통이 없는 곳이다.
이런 원리는 사무실에서나
찾아야 할 것들이다.

헨리 미첼(1923-1993)

Gardens are living creatures that we would like to be happy. Our task is to act lovingly, carefully, and protectively.

Paolo Pejrone (1941–)

정원은 우리가 행복하길 바라는
살아 있는 생명체다.
우리의 임무는 사랑스럽고 조심스럽게
정원을 보호하는 것이다.

파블로 페즈론(1941-)

PLANTS NEED LOVE.

Shawna Coronado (1966–)

식물은 사랑이 필요하다.

쇼나 코로나도(1966-)

The greatest delight
which the fields
and woods minister
is the suggestion
of an occult relation
between man and
the vegetable.
I am not alone and
unacknowledged.
They nod to me, and
I to them.

Ralph Waldo Emerson (1803–82)

들과 숲이 주는 가장 큰 기쁨은
인간과 경작물 사이를
신비로운 관계로 이끌어간다는 점이다.
나 혼자 해낸 일도 아니고,
감사를 받을 필요도 없다.
그들은 나에게 고개를 끄덕여주고,
나도 그들에게 고개를 끄덕여준다.

랄프 왈도 에머슨(1803-1882)

A GARDEN IS A RELATION, WHICH IS ONE OF THE COUNTLESS REASONS WHY IT IS NEVER FINISHED.

W. S. Merwin (1927–)

정원은 관계다.
이게 정원이 영원히 끝나지 않고
지속되는 이유 중 하나다.

W. S. 머윈(1927-)

AS THINKING, FEELING BEINGS, WE HAVE AN UNTAPPED POTENTIAL TO RELATE TO THE PLANT WORLD.

Judith Handelsman (1948–)

생각하고 느끼는 존재로서
우리는 식물 세계와 연결될 수 있는
미지의 잠재력을 지니고 있다.

주디스 핸델스만(1948-)

*PLANTS TALK TO US
AT ALL LEVELS,
MOLECULE TO MOLECULE,
AND SPIRIT TO SPIRIT.*

Marlene Adelmann (1955–)

식물은 우리에게 수많은
방법으로 이야기를 건넨다.
세포에서 세포로,
영혼에서 영혼으로.

말린 아델만(1995-)

Gardening, reading about gardening, and writing about gardening are all one; no one can garden alone.

Elizabeth Lawrence (1904–85)

가드닝, 가드닝에 대한 독서,
가드닝에 대한 글쓰기는 모두 하나다.
누구도 혼자서 정원을 만들 수는 없다.

엘리자베스 로렌스(1904-1985)

Writing and gardening, these two ways of rendering the world in rows, have a great deal in common.

Michael Pollan (1955–)

글쓰기와 정원 가꾸기,
이 두 영역은
세상을 바라보는 시각에
큰 공통점이 있다.

마이클 폴란(1955-)

GARDENS ARE A FORM OF AUTOBIOGRAPHY.

Sydney Eddison (1932–)

정원은

자서전의 한 형태이다.

시드니 에디슨(1932-)

I was reared in the garden, you know.

Emily Dickinson (1830–86)

당신이 잘 알듯,
나는 정원에서 자랐습니다.

에밀리 디킨스(1830-1886)

Good gardening and a quiet life seldom go hand in hand.

Christopher Lloyd (1921–2006)

좋은 가드닝과 조용한 삶이
함께하기란 도무지 어렵다.

크리스토퍼 로이드(1921-2006)

GARDENING IS THE BEST THERAPY IN THE WORLD.

C. Z. Guest (1920–2003)

정원 가꾸기는
세상 최고의 치료제이다.

C. Z. 게스트(1920-2003)

Gardens aren't installations, they don't need to be attractive as soon as they're completed: gardens can grow and, like all newborn creatures, they should have that rare and special privilege of being awkward and graceless.

Paolo Pejrone (1941–)

정원은 설치품이 아니다.
정원은 완성되었을 때 바로 매력적일 필요는 없다.
정원은 모든 생명체의 탄생과 같이 성장한다.
정원은 볼품없고 서투른 것들의 진귀하고
특별함이 부각되어야 한다.

파블로 페즈론(1941-)

A GARDEN THAT IS DESIGNED ONLY TO LOOK PRETTY BARELY SKIMS THE SURFACE OF WHAT LANDSCAPES CAN OFFER.

Toby Hemenway (1952–2016)

그 땅이 제공하는
풍경의 표면을 살짝 훑으며
아름답게 디자인된 정원!

토비 헤멘웨이(1952-2016)

In setting a garden we are
painting—a picture of hundreds
of feet or yards instead of
so many inches, painted with
living flowers and seen by
open daylight—so that to paint
it rightly is a debt that we owe
to the beauty of flowers and
to the light of the sun.

William Robinson (1838–1935)

정원을 만들 때 우리는 그림을 그린다.
몇 센티미터가 아니라
수 미터, 수십 미터로, 태양 빛을 따라
우리 눈에 보이는 살아 있는 꽃들을 그린다.
이는 우리가 햇살과 꽃의 아름다움에
진 빚을 갚는 일이기도 하다.

윌리엄 로빈슨(1838-1935)

All gardening is landscape painting.

William Kent *(ca. 1685–1748)*

가드닝은
풍경화를 그리는 것이다.

윌리엄 켄트(1685-1748)

Painting is closely related to gardening but closer still is poetry.

Robert Dash (1934–2013)

그림 그리기는
정원 가꾸기와 매우 밀접하지만
좀 더 가깝게는 시(詩)와 비슷하다.

로버트 대시(1934-2013)

METHINKS MY OWN SOUL MUST BE A BRIGHT INVISIBLE GREEN.

Henry David Thoreau (1817–62)

내 영혼은
찬란한 짙은 녹색일 것이다.

헨리 데이비드 소로(1817-1862)

I try for beauty and harmony everywhere, and especially for harmony of color.

Gertrude Jekyll (1843–1932)

나는 어디에서나
아름다움과 조화를 생각한다.
특히 색의 조화를
깊이 있게 생각한다.

거트루드 지킬(1843-1932)

BLUE, BLUE, BLUE, MELTING, CERULEAN, ALTOGETHER EXQUISITE AND DESIRABLE.

Reginald Farrer (1880–1920)

파랑, 파랑, 파랑,
짙은 파랑, 짙은 남색의 조합은
정교하면서도 바람직하다.

레지날드 파러(1880-1920)

I cannot help hoping that
the great ghostly barn-owl
will sweep silently across
a pale garden, next summer,
in the twilight—the pale
garden that I am now planting,
under the first flakes of snow.

Vita Sackville-West (1892–1962)

나는 첫눈이 내린 화단에
내년 여름에 피어날 식물을 심고 있다.
조용하고 깊은 여름밤에
이 연한 분홍과 보라의 화단 위를
올빼미가 날개를 휘저으며 날아갈
그 순간이 너무나 기대된다.

비타 색빌웨스트(1892-1962)

My garden is my most beautiful masterpiece.

Claude Monet (1840–1926)

나의 정원은

내가 그린 가장 아름다운 걸작이다.

클로드 모네(1840-1926)

Precisely because it is an archetype the garden must be subject to constant reinterpretation.

J. B. Jackson (1909–96)

정원은 본질 그 자체이다.
그러므로 끊임없이 재해석되어야 한다.

J. B. 잭슨(1909-1996)

THE BEST GARDEN DESIGNERS TAKE RISKS.

James van Sweden (1935–2013)

최고의 가든디자이너들은
위험을 감수한다.

제임스 반 스웨덴(1935-2013)

DESIGN . . . THE SPACE IN CONSIDERATION OF CONTEMPORARY ART.

Mirei Shigemori (1896–1975)

가든디자인……

그것은 현대 예술의 공간이다.

미레이 시게모리(1896-1975)

It's not what you see, but what you see in it.

Piet Oudolf (1944–)

당신이
무엇을 보느냐가 아니라,
당신이 그 안에서
무엇을 보느냐의 문제이다.

피에트 우돌프(1944-)

ROSES... COME TO US LADEN WITH STORIES.

Jennifer Potter (1949–)

장미……
이야기를 가득 담고
우리에게 온다.

제니퍼 포터(1949-)

The history of roses is the history of humanity.

J. H. Nicholas (1875–1937)

장미의 역사는 인류의 역사다.

J. H. 니콜라스(1875-1937)

Thank goodness violets are some of the first flowers to blossom in spring.

Tovah Martin (1953–)

신에게 감사를!
제비꽃은 봄에 가장 먼저
꽃을 피우는 식물이다.

토바 마틴(1953-)

There is a kind of sorcery to tulips.

Mirabel Osler (1925–2016)

튤립에는
일종의 마법이 숨어 있다.

미라벨 오슬러(1925-2016)

AS LONG AS
ONE HAS A GARDEN,
ONE HAS A FUTURE;
AND AS LONG AS
ONE HAS A FUTURE
ONE IS ALIVE.

Frances Hodgson Burnett (1849–1924)

정원이 있는 한
우리에게 미래가 있고,
미래가 있는 한
우리는 살아 있다.

프랜시스 호지슨 버넷(1849-1924)

On the last day of the world
I would want to plant a tree.

W. S. Merwin (1927–)

세상의 마지막 날에
나는 한 그루의 나무를 심겠다.

W. S. 머윈(1927-)

When I say to people my primary focus at Sissinghurst is romance and beauty, they are shocked and seem unbelieving. Folk generally consider gardens to be about plants and horticulture.

Troy Scott-Smith (1971–)

시싱허스트 정원에서
내가 가장 중점적으로 보는 관점이
'로맨스'와 '아름다움'이라고 하면
보통은 충격을 받거나 못 믿는 듯 보인다.
정원의 아름다움을 식물과 원예로만
생각하기 때문일 것이다.

트로이 스콧스미스(1971-)

Surely the business of the
blue garden is to be beautiful
first, as well as to be blue.
My own idea is that it should
be beautiful first, and then
just as blue as may be consistent
with its best possible beauty.

Gertrude Jekyll (1843–1932)

블루 정원을 만들 때 관건은

푸른색을 띤 식물을 얼마나 모으냐보다

아름답게 연출하는 것이다.

그래서 나는 아름다움의 연출을 첫째로 생각하고,

그다음 가장 아름다울 수 있는 파란색을

고려해보라고 제안한다.

거트루드 지킬(1843-1932)

GARDENS . . . ARE OFTEN
BEAUTIFUL, VITAL, AND EXCITING:
AND PERHAPS THEY OWE THIS
TO THE DELICATE SYNTHESIS
BETWEEN FRAGILITY AND STRENGTH,
AND THE EVER RARER FUSION
BETWEEN LIGHTNESS AND SOLIDITY,
BETWEEN THE MOMENT IN TIME
AND THE ABSOLUTE.

Paolo Pejrone (1941–)

정원은……

아름다움, 생명력 그리고 활기다.

또 연약함과 강인함의 절묘한 결합이고,

명랑함과 고독함의 희귀한 융합이고,

때로는 찰나의 순간과

영원한 절대성의 상호작용이다.

파블로 페즈론(1941-)

I would say that people who try to do research on the garden have to very seriously study the way of tea.

Mirei Shigemori (1896–1975)

정원을 연구하는 사람들이라면
진지하게 차(다도) 문화를
연구해보라고 권하고 싶다.

미레이 시게모리(1896-1975)

A vegetable garden
[is] a place where if you
can't say "I love you"
out loud, you can say it
in seeds.

Robin Wall Kimmerer (1953–)

텃밭 정원에게 "사랑해"라고
소리내어 말할 수 없다면,
씨앗으로 대신 말해줄 수 있다.

로빈 월 키머러(1953-)

The pleasure of owning a fine plant is not complete until it has been given to friends.

Peter Smithers (1913–2006)

좋은 식물을 가진 기쁨은
친구들에게 그것을
나눠줄 때 완성된다.

피터 스미더스(1913-2006)

THERE'S NOTHING LIKE NATURE TO TEACH GARDEN DESIGN.

Lee May (1941–2014)

자연만큼 가든디자인을
잘 가르칠 것은 없다.

리 메이(1941-2014)

THE BEST OF ALL GREEN GARDENERS IS MOTHER NATURE.

Pat Welsh (1929–)

최고의 정원사는 대자연이다.

팻 웰시(Pat Welsh, 1929-)

Where the beautiful parts of nature are justly imitated in gardens, they will always be approved by judicious persons, let the taste of gardening alter as it will.

Philip Miller (1691–1771)

자연의 아름다움은
정원에서 자연스럽게 모방되고,
이는 항상 현명한 사람들에게 받아들여지고,
원예의 취향이 이를 바꾸어나간다.

필립 밀러(1691-1771)

No house or garden is complete without shrubs.

C. Z. Guest (1920–2003)

관목이 없이는
어떤 집도, 어떤 정원도
완성되지 않는다.

C. Z. 게스트(1920-2003)

THE LESSON I HAVE THOROUGHLY LEARNED, AND WISH TO PASS ON TO OTHERS, IS TO KNOW THE ENDURING HAPPINESS THAT THE LOVE OF A GARDEN GIVES.

Gertrude Jekyll (1843–1932)

내가 배웠고, 또 누군가에게
전해주고 싶은 교훈은
정원에 대한 사랑이 주는
지속적인 행복을 안다는 것이다.

거트루드 지킬(1843-1932)

Wherever humans garden magnificently, there are magnificent heartbreaks.

Henry Mitchell (1923–93)

인간이 만든 장대한 정원에는
항상 장대한 가슴앓이가 서려 있다.

헨리 미첼(1923-1993)

It came to me
while picking beans,
the secret of happiness.

Robin Wall Kimmerer (1953–)

콩꼬투리를 따다 보면
아무도 모르는 비밀스러운
행복감이 몰려온다.

로빈 월 키머러(1953-)

The right tomato can move you to tears.

Craig LeHoullier (1956–)

제대로 된 토마토는
감동으로 눈물이 나게 한다.

크레이그 레훌리에(1956-)

A garden is
a way of living
with nature,
**as we live
with those
we love.**

Cassandra Danz (1942–2002)

우리가 사랑하는 이들과 함께 살아가듯
정원은 자연과 함께 살아가는 일이다.

카산드라 댄츠(1947-2003)

Emotional ties to plants are binding.

Lee May (1941–2014)

식물과 인간의 정서적 유대는
생각보다 끈끈하다.

리 메이(1941-2014)

It was not till I experimented with seeds plucked straight from a growing plant that I had my first success—the first thrill of creation—the taste of blood. This, surely, must be akin to the pride of paternity.

Beverley Nichols (1898–1983)

맨 처음 성공적으로 내가 키운 식물로부터
씨앗을 받아내는 경험을 하고 나서야
창조의 짜릿함, 혈통을 이은 느낌을 알았다.
그건 마치 자식을 낳은
부모의 자부심 같은 것이었다.

비벌리 니콜스(1898-1983)

THE SOONER THE GARDENER LOSES CERTAIN KINDS OF INNOCENCE THE BETTER.

Henry Mitchell (1923–93)

서두르는 정원사의 손에는
분명 무고한 희생이 따를 수 있다.

헨리 미첼(1923-1993)

We will gladly send the management
a jar of our wife's green-tomato pickle
from last summer's crop—dark green,
spicy, delicious, costlier than pearls
when you consider the overhead.

E. B. White (1899–1985)

간접 효과를 생각해본다면,
우리는 기쁜 마음으로,
짙은 초록에 매콤달콤한,
진주보다 더 귀한,
지난여름 우리 아내들이
직접 수확해 담근
그린토마토 피클을
경영진에게 보내야 한다.

E. B. 화이트(1899-1985)

I...GROW PERENNIALS BECAUSE I'M CHEAP.

Cassandra Danz (1947–2002)

가난한 나는

다년생을 더 많이 키운다.

카산드라 댄츠(1947-2003)

When your garden is finished
I hope it will be more beautiful
than you had anticipated,
require less care than you expected,
and have cost only a little more
than you had planned.

Thomas Church (1902–78)

당신의 정원이 완성되었을 때,
당신이 기대했던 것보다는 더 아름답게,
당신이 예상했던 것보다는 관리가 덜 어렵게,
당신이 잡았던 예산보다는 조금만 더 들게
조성되었기를 희망합니다.

토머스 처치(1902-1978)

I SHALL NEVER HAVE THE GARDEN I HAVE IN MY MIND, BUT THAT FOR ME IS THE JOY OF IT; CERTAIN THINGS CAN NEVER BE REALIZED AND SO ALL THE MORE REASON TO ATTEMPT THEM.

Jamaica Kincaid (1949–)

내가 꿈꾸는 정원은
결코 가질 수 없을지도 모른다.
하지만 나는 그걸 즐긴다.
어떤 것들은 영원히
실현되지 않을 수도 있지만
그로 인해 계속 매료되고
시도하려는 힘을 갖게도 된다.

자마이카 킨케이드(1949-)

In the garden we can experience the connectedness and trust in change—and even death—because there is a continuum; there are no final endings.

Elizabeth Murray (1953–)

정원에서 우리는 끝없는 변화 속에
연결성과 진실을 경험하게 된다.
심지어는 죽음까지도.
그건 끝이 없는 지속성이다.
거기에 마지막 결정이라는 것은 없다.

엘리자베스 머레이(1953-)

GARDENERS HAVE TO BELIEVE THAT THE DEAD WILL REINCARNATE.

Mirabel Osler (1925–2016)

정원사들은
죽음이 부활임을
믿을 수밖에 없다.

미라벨 오슬러(1925-2016)

I feel very strongly in the sort of planting that I do, that you feel the changes all the time. It is a changing beauty: from beauty into beauty.

Piet Oudolf (1944–)

나는 식물을 심는 일에
강한 의지를 느낀다.
식물은 언제나 변화하는
모습을 보여주기 때문이다.
아름다움에서 아름다움으로
끝없는 변화를 보여준다.

피에트 우돌프(1944-)

GARDENING IS AN INSTRUMENT OF GRACE.

May Sarton (1912–95)

가드닝은
은총이라는 악기다.

메이 사튼(1912-1995)

Give me juicy autumnal fruit ripe and red from the orchard.

Walt Whitman (1819–92)

나에게 과수원에서 직접 딴
빨갛게 잘 익은 열매를 주시오.

월트 휘트먼(1819-1992)

Spare us the beauty of fruit-trees.

H. D. (1886–1961)

과실나무의 아름다움을
우리에게도 나눠주시오.

힐다 둘리틀(1986-1961)

The whole starry heaven is involved in the growth of plants.

Rudolf Steiner (1861–1925)

하늘에서 반짝이는 모든 별들이
식물의 성장에 관여한다.

루돌프 슈타이너(1861-1925)

In the name of the Bee—
And of the Butterfly—
And of the Breeze—Amen.

Emily Dickinson (1830–86)

벌의 이름으로,
나비의 이름으로,
신선한 바람의 이름으로
기도합니다.

에밀리 디킨스(1630-1686)

May our heart's garden of awakening bloom with hundreds of flowers.

Thích Nhất Hạnh (1926–)

수백 송이의 꽃이 피어날 때
우리 마음의 정원도 깨어나게 하소서.

틱낫한(1926-)

이번 책 프로젝트에 아이디어와 지원을 아끼지 않았던
잔 실리아노 하트먼에게 감사한다. 더불어 영감을 불러 일으키는
글들을 써준 작가님들과 너무나 훌륭한 자료의 원천이었던
뉴욕원예협회의 도서관, 그리고 이 책을 출판해준 프린스턴 아키텍처럴
프레스, 특히 디자이너 벤 잉글리시에게도 감사한다. 마지막으로
내 인생 최고의 정원사인 어머니에게 특별한 감사를 올린다.

—니나 픽

정원 전문가로서 활동하고 있지만, 나의 정원에서 매일 정원을 돌보며 사는 것은 아니다. 바쁠 때는 방치할 때도 있고, 더러는 감당할 수 없는 정원 일에 버거움을 느끼기도 한다. 하지만 버거움과 힘듦이 공존하는 정원이 딱 그만큼의 무게와 부피로 나에게 위로와 평안을 주는 건 정말 신기할 뿐이다. 지지치 않고 정원의 즐거움을 느끼며 사는 사람의 입장에서 나와 같은 느낌을 공감하고 살고 있는 예술가, 작가, 정원사의 글을 번역하는 일은 또 다른 의미의 정원 일이기도 했다. 정원이 대체 뭐길래, 왜 많은 사람들이 이렇게 칭송을 하고 애착을 갖는지 공감하고 싶은 분들에게 이 책을 꼭 권한다.

— 오경아

BUT OF COURSE! WHEN THE IMPULSE TO GARDEN STRIKES, YOU GARDEN!

Susan Brownmiller (1935–)

물론입니다!
가든하고 싶은 충동이 일 때
가든하세요!

수전 브라운밀러(1935-)

정원을 가꾼다는 것

초판 1쇄 2020년 6월 15일
엮음 니나 픽 | **옮김** 오경아 | **편집** 북지육림 | **본문디자인** 운용 | **제작** 제이오
펴낸곳 지노 | **펴낸이** 도진호, 조소진 | **출판신고** 제2019-000277호
주소 서울특별시 마포구 월드컵북로 400, 5층 19호
전화 070-4156-7770 | **팩스** 031-629-6577 | **이메일** jinopress@gmail.com

ISBN 979-11-90282-10-9 (03800)

- 잘못된 책은 구입한 곳에서 바꾸어드립니다.
- 책값은 뒤표지에 있습니다.

이 도서의 국립중앙도서관 출판예정도서목록(CIP)은 서지정보유통지원시스템 홈페이지(http://seoji.nl.go.kr)와 국가자료종합목록 구축시스템(http://kolis-net.nl.go.kr)에서 이용하실 수 있습니다. (CIP제어번호: CIP2020020178)